W9-BJR-943

LA CAJA

DANIEL MONEDERO

INÉS DE ANTUÑANO

Brincacharcos

Antes que nada, voy a presentarme.
Tengo cinco años, me llamo Diego,
y vivo en un barrio totalmente normal.

Tiene calles normales,
    semáforos normales
    y gente de lo más normal.

    Nunca ha caído un meteorito sobre nuestras cabezas,
    ni vive ningún monstruo peludo con cinco brazos,
    diez ojos y cien piernas.
    Tampoco ha aparecido un superhéroe para salvar
    a toda la humanidad.

                                Al menos que yo sepa.

    Es tan normal que nunca pasa nada diferente ni especial.

Hasta que una mañana pasó algo diferente,
inexplicable, extraño, y...

¡absolutamente fuera de lo normal!

Lo que pasó fue que nos despertamos en una mañana normal,
desayunamos nuestro desayuno habitual, nos vestimos
con nuestra ropa de todos los días, nos peinamos, según el
gusto de cada cual, y bajamos a la plaza a jugar.

Una plaza de lo más normal,
con casas normales
y gente normal.

Al menos hasta ese día.

Porque allí estaba, aquella cosa que... no era normal.

¡Una caja enorme, gigantesca, descomunal!
Fuera de lo normal. Con un lazo de regalo.

Pero... ¿para quién era?

Buscamos una dirección, para saber a quién iba dirigida,
        pero no decía nada.
Buscamos quién la había enviado,
        pero no lo encontramos por ningún lado.
Buscamos una tarjeta de regalo,
        pero no estaba.
No sabíamos quién había dejado aquello. Ni cuándo, ni por qué.

Lo único que estaba claro es que era muy, muy extraño:
una caja de regalo gigante en mitad de la plaza de nuestra ciudad.

Y por eso todos al verla dijimos: ¡Ohhhhhh!
        Y también: ¡Ahhhhhh!
                Incluso: ¡Vaya, vaya!

En pocos minutos, la plaza se llenó de una multitud de gente normal que miraba aquella caja gigantesca, fuera de lo normal, por arriba, por abajo, y también por los lados.

Y todos se preguntaban lo mismo:
¿De dónde ha venido?
¿Para quién es?
¿Qué hace aquí?

Pero, sobre todo:

¿Qué hay dentro de ella?

Y fue como si una gran interrogación en forma de nube apareciese sobre nuestras cabezas.

Domingo, el conductor de autobús, dijo: Yo creo que es un coche
    de Fórmula 1 o una moto de gran cilindrada. ¡Qué pasada!
Alma, mi profesora: Yo creo que es mobiliario nuevo para la escuela.
Luis, el dueño de la tienda de animales: Yo creo que hay un elefante
    asiático. O, a lo mejor, africano.
Marta, la bibliotecaria: Yo creo que son mil libros para la biblioteca.
Matías, el músico callejero: Yo creo que se trata de un violonchelo.
    ¡O de todo un cuarteto! ¡A lo mejor es una orquesta entera!
Mi tío Carlos: Yo creo que dentro está la novia que llevo esperando
    treinta años. ¡Por fin la he encontrado!
Las floristas, Rosa y Violeta: Nosotros creemos que es un árbol
    para la plaza. Seguro que un baobab.
Berta, la quiosquera, dijo: Yo creo que hay un quiosco nuevo
    para el barrio, más grande y elegante.

Y yo: Pues yo... yo la verdad es que no tengo ni idea.

Cada uno se imaginaba algo distinto, y nadie estaba de acuerdo
con los demás. Así que nos volvimos a quedar en silencio.

Miramos la caja. La rodeamos por sus cuatro lados.
Nos acercamos. Nos alejamos.
La vimos de todas las maneras que sabíamos mirar.
Incluso pegamos nuestra oreja para ver si
escuchábamos algo en su interior.
Pero nada. Ni bueno, ni malo, ni regular.
Sólo estaba allí.

Enorme, callada, misteriosa...
con su cara de caja,
haciendo cosas de caja.

Es decir: nada.

Aunque, según pasaba el tiempo, a alguien le pareció
escuchar un murmullo dentro de ella.
Otro dijo que creía que se había movido un poco a la derecha.
Uno tuvo la impresión de que había algo luminoso en su interior.

Una señora insinuó que olía como a lluvia estancada.
Y no sé quién afirmó que estaba cambiando de color por momentos.
Pero un señor de marrón que pasaba por allí y lo había observado
todo, aseguró que no había pasado nada de eso, y todo era producto
de nuestra imaginación.

Entonces, de nuevo, cada uno
dio su opinión.

Domingo, el conductor de autobús, dijo: Es muy fácil saber
lo que contiene. Sólo hay que abrirla y ya está.
Alma, mi profesora: Hagamos un agujero para ver si hay algo dentro.
Luis, el dueño de la tienda de animales: ¿Y si es un ser vivo
y le hacemos daño?
Marta, la bibliotecaria: ¿Y si decimos "Ábrete sésamo"?
A lo mejor hay que decir unas palabras mágicas para que se abra.
Matías, el músico callejero: Hay que llevarla a la Oficina
de Objetos Perdidos, por si es de alguien y la ha perdido.
Cuando perdí mi cartera, estaba allí.
Mi tío Carlos: Lo mejor será llamar a la policía.
Las floristas, Rosa y Violeta: Mejor a los bomberos, por si
arde o estalla.
Berta, la quiosquera: Mejor a un periodista para que saque
la noticia. A lo mejor así nos hacemos famosos.

Y yo: Pues yo... yo la verdad es que no tengo ni idea.

Como todos seguíamos sin ponernos de acuerdo, decidimos que lo mejor
sería esperar para ver si alguien reclamaba la caja misteriosa. Si eso sucedía,
el asunto estaba solucionado. Y si nadie iba a buscarla, habría que tomar
la decisión y abrirla.
Así que todos nos fuimos a nuestras casas a esperar.
Porque como dice mi abuela:

      La paciencia es la madre de la ciencia.

Y la verdad es que yo no sé si esa noche los demás durmieron bien,
pero yo dormí mal, muy mal. ¡Fatal!
No dormí para nada como en una noche normal, di tantas vueltas
en la cama que a la mañana siguiente me desperté todo adolorido.

En cuanto cerré los ojos comencé a soñar con la caja.
Y no fue un sueño.
Ni dos.
Ni tres.

¡Fueron tantos que perdí la cuenta!
Pero en cada uno de ellos abría el misterioso regalo
y encontraba algo diferente...

Un tiranosaurio rex,
un tiovivo rojo y amarillo,
una nave supersónica,
el diez que nunca saqué en Matemáticas,
un traje de astronauta,
un unicornio,
dos alienígenas,
tres alienígenas,
cuatro alienígenas,
cinco jugadores de la NBA,
una banda de rock and roll,
un eucalipto con un koala,
y hasta alguna cosa
con forma de no sé qué
que se llamaba no sé cómo.

Cuando me desperté me di cuenta de que había sido un sueño.
Entonces pensé que a lo mejor lo de la caja también lo había sido.

Pero miré por la ventana de la habitación y allí seguía,
rodeada de personas que se preguntaban:

¿Qué habrá dentro?

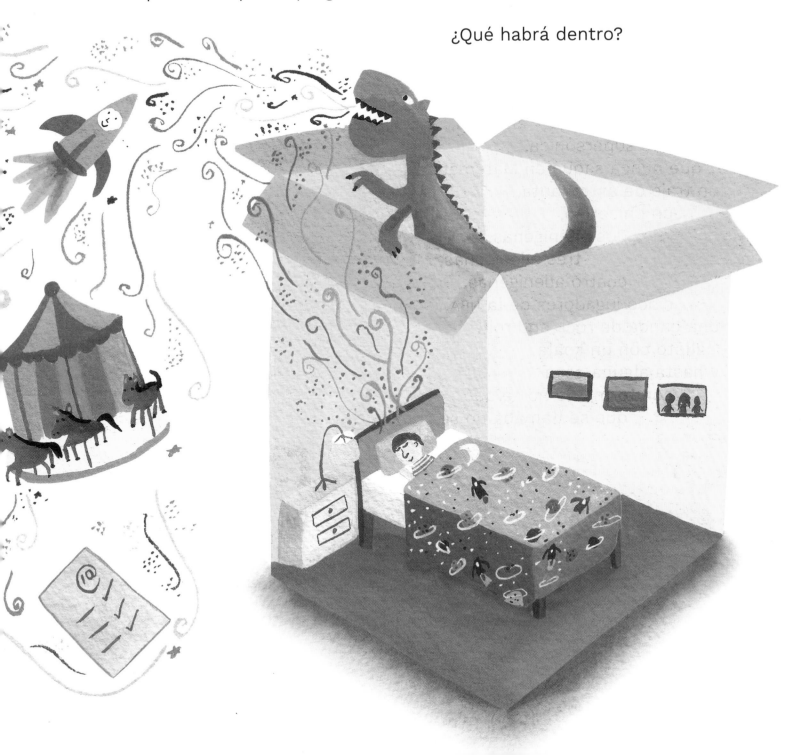

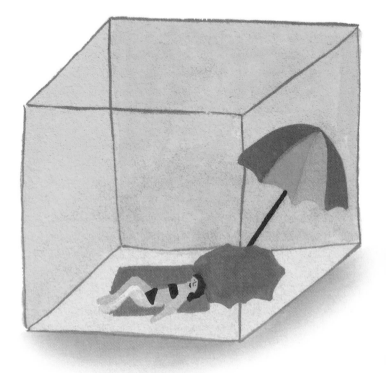

Pasó el tiempo. Esperamos un día tras otro, para ver si alguien
venía a reclamarla, o decía: Aquí está mi caja perdida.

Pero nadie vino por ella.

Lo único que pasó fueron las estaciones.
Un día llovió y se empapó; otro, le acariciaron los rayos del sol.

Más adelante se cubrió de hojas.
Y un día amaneció bajo una montaña de nieve.

A la gente del barrio le gustaba pasar y saber que la caja seguía allí.
La miraban de reojo. Parecía que pensaban:

¿Y si contiene algo para mí?

¿Y ahora qué? Preguntó no sé quién.

Y Luis, Berta, Rosa y Violeta, Matías, Marta, Alma, Domingo y mi tío Carlos, dijeron lo mismo, y a la vez:

No sé.

Pero después decidieron que habría que abrirla para saber qué había dentro, y quitar la enorme caja de allí. Porque éramos un barrio normal y teníamos que seguir siéndolo.

Pero todos tenían cara de preocupados.
Yo creo que pensaban:
¿Y si dentro no está lo que tanto he imaginado?

Así que yo dije: ¡Tengo una idea!
¿Y si no abrimos la caja?
¿Y si nos quedamos sin saber lo que hay dentro?
¿Y si la dejamos aquí, en mitad de la plaza, como un monumento o una estatua? Es mucho mejor que un coronel a caballo, o que un soldado desconocido. Me parece a mí...

La caja tendrá todo lo que queramos que tenga dentro,
porque dentro tiene todos nuestros deseos:
       un coche de Fórmula 1, una moto,
            mobiliario para la escuela,
                un elefante asiático y otro africano,
                 mil libros,
                    un violonchelo, un cuarteto y una orquesta entera,
                     una novia,
                       un baobab,
                          y hasta un quiosco grande y elegante.

Si la abrimos a lo mejor uno está contento con lo que ve,
pero el resto pensará: Pues qué mal.
O incluso: Pues qué fatal.
Pero si no la abrimos, siempre estará llena de todo lo que deseamos.
Será la caja del barrio entero.

Porque no sé quién la habrá dejado aquí ni por qué, pero es una
caja infinita. Contiene todo lo que queramos que contenga.
Y le cabe todo lo que nosotros queramos que quepa en ella.
Y cuando estemos tristes podemos venir aquí, mirarla,
y pensar: Seguro que dentro hay algo para mí.
Y todos nos sentiremos mejor.

Después de que yo terminé de hablar hubo un segundo
de silencio donde todos me miraron muy fijamente
y me puse rojo, como un pimiento rojo.
        O dos.
Porque pensé: A lo mejor he dicho una tontería
más grande que la caja.
        O no.

Pero Domingo, el conductor de autobús, dijo: Yo estoy de acuerdo
    ciento por ciento.
Y Alma, mi profesora: Mi alumno tiene razón.
Y Luis, el dueño de la tienda de animales: Ya lo creo.
Marta, la bibliotecaria: No hay duda.
Matías, el músico callejero: Me parece más que perfecto.
    Ese chico ha dado con la clave... de sol.
Carlos: ¡Pues claro! Mi sobrino es muy listo.
Las floristas, Rosa y Violeta: Nosotras también estamos de acuerdo.
Y mi tía Berta, la quiosquera: ¡Y yo!

Y yo: Pues yo... yo... también estoy de acuerdo conmigo mismo.

Entonces, todos, a la vez, soltaron una carcajada que hasta
hizo que temblara la caja.

Así que eso es lo que hicimos.
No abrimos la caja.
Nunca supimos quién la había enviado.
No miramos lo que había en su interior,
        si se trataba de un robot gigante,
            un baobab,
                un koala
                    o una moto de gran cilindrada.

Y nos fuimos a nuestra casa
como en un día normal,
en un barrio normal,
de gente normal.

O casi.

TIENDA   TIBNDA

Desde entonces, todo el que pasa por nuestro barrio se sorprende
al ver esa gran caja, tan alta como una casa (o incluso más)
con un lazo de regalo en mitad de la plaza.

Y si preguntan qué es lo que hay dentro, después de sonreír,
les decimos que no lo sabemos.

Y si nos preguntan por qué está siempre ahí,
les respondemos que nos gusta tenerla cerca,
porque somos un barrio normal,
pero tenemos algo muy especial:

un lugar donde guardamos
nuestros deseos
a la vista de los demás.

Y ya está.

La caja
Primera edición: 2018

D.R.© Daniel Monedero (texto)
D.R.© Inés de Antuñano (ilustración)

D.R.© CIDCLI, S.C.
Av. México No. 145-601
Col. Del Carmen Coyoacán
C.P. 04100, Ciudad de México
www.cidcli.com

ISBN: 978-607-8351-81-7

Diseño gráfico: Roxana Deneb y Diego Álvarez
Coordinación editorial: Elisa Castellanos
Cuidado de la edición: Paola Aguirre

Impreso en México / *Printed in Mexico*

La caja se imprimió en 2018, en los talleres de Quad Graphics,
Duraznos No. 1, esquina Ejido, Col. Las Peritas Tepepan,
Del. Xochimilco, Ciudad de México. El tiraje fue de 2,000 ejemplares.

Para su composición se utilizaron las fuentes tipográficas
Work Sans y Troika.